深夜中的
月光食堂

深夜中的
月光食堂

李玢希／文　尹太奎／圖　賴毓棻／譯

三民書局

我走出家門。

街道上一片黑暗，我不知道自己能去哪裡。有個大叔搖搖晃晃的走過我面前。他渾身都是酒味，讓我想起了爸爸。

山坡下盡是五顏六色的燈光，真是漂亮。但我因為不想和那個大叔走同一條路，只好沿著那條又暗又窄的小徑往上走。

我抬起頭，看見月色已經變得蒼白。我覺得有點冷，這才發現自己的腳上只穿著拖鞋。

雖然有點猶豫要不要回家，但還是決定繼續走下去。我朝向月光走了一陣子，終於抵達山頂。

在一片黑暗之中，那抹黃色燈光就像燈塔般的閃爍。

「喔？那裡之前有房子嗎？」

黃色的燈光看起來非常溫暖，於是我走近一看。

「深夜中的月光食堂？」

我之前偶爾會爬到山頂上玩，卻從來沒見過這間餐廳。

從餐廳門外就能聽見咕嚕咕嚕的沸騰聲，又香又甜的氣味叫人不禁動了動鼻子大力一吸。

我的臉早已在不知不覺間貼到了餐廳的玻璃窗上。

餐廳裡只擺了一張與廚房
相連的吧檯桌和兩張椅子，

還[ㄏㄞˊ]有[ㄧㄡˇ]兩[ㄌㄧㄤˇ]個[ㄍㄜˋ]人[ㄖㄣˊ]正[ㄓㄥˋ]低[ㄉㄧ]著[ㄓㄜ˙]頭[ㄊㄡˊ]在[ㄗㄞˋ]廚[ㄔㄨˊ]房[ㄈㄤˊ]裡[ㄌㄧˇ]做[ㄗㄨㄛˋ]事[ㄕˋ]。

我打開門，走進店裡。

門上的風鈴叮叮噹噹，發出了清脆的聲響。

「歡迎光臨！」

那兩人同時抬起頭來大聲招呼，這時我也瞪大了雙眼。

站在我面前的竟然是兩隻大狐狸，而且他們還端正的穿戴著白色的圍裙和頭巾。

「是初次來訪本店的新客人呀。」

其中一隻狐狸眨了眨長睫毛，親切的說。

另一隻狐狸用豪爽的聲音問道：

「我們一直都很歡迎新客人到訪。請問你要來點什麼呢？」

雖然我一頭霧水，但也不自覺的坐到椅子上。我想可能是因為店裡太溫暖了吧。

長睫毛狐狸拿了菜單給我，我聞到一股花香。

深夜中的
月光菜單

🦇不管是什麼食物都可以點喔。🦇

菜色好多，真不知該從哪一道點起，而且我很快的想到自己根本沒有帶錢。

豪爽狐狸替我倒了一杯暖呼呼的茶，杯裡浮著金黃色的小碎塊。我喝了一口，柚子的清香溫暖了我凍僵的腳趾。

我突然回過神。

「那、那個……我沒有錢。」

「這裡不需要那種東西。」

豪爽狐狸聽到我有如蚯蚓般扭捏的聲音，呵呵笑著說。

這時長睫毛狐狸在我面前放了一個大盤子。鮮紅的草莓鑲在雪白的鮮奶油之間，我的口水都要流下來了。

　　我的肚子開始唱起交響樂，可能是想告訴所有人我還沒吃晚餐吧。

　　「今天只要一個『不好的回憶』就可以了。」

　　「一個不好的回憶？」

　　「對呀，等你下次來的時候就要兩個，再下次就變成三個……」

　　我的視線無法從那塊鮮奶油蛋糕上移開。「不好的回憶？」我想起白天在學校發生的事。我在東浩的桌子底下發現了一張五萬元*紙鈔……

*五萬元韓幣約等於一千兩百元臺幣。

那時剛好是放學時間，教室裡幾乎沒有任何人留下。

我趕緊將那五萬元放到口袋，迅速的離開教室。我看見東浩氣喘吁吁的從走廊盡頭跑了過來，但我卻裝作什麼都不知道的和他擦身而過。

回家的路途感覺特別遙遠，我的心臟也跳個不停。但我還要用那筆錢做很多事呢。我想去買文具，也想買零食來吃，還想馬上換掉那雙已經破到露出腳趾的室內鞋。比起那個每天不醉不歸，凌晨又偷偷摸摸出門的老爸來說，我更需要這些東西。

我決定要用這個不好的回憶結帳。我看著豪爽狐狸並點點頭。

「快吃吧，你不是很餓嗎？趕快吃呀！」豪爽狐狸大笑著說。

　　好刺眼喔。我嚇一跳的睜開雙眼一看，卻發現自己在家。爸爸不在，應該是去上班了吧。房間和昨天晚上一樣，地上依舊躺著好幾支酒瓶。

　　我發現在那張壞了一隻腳的餐桌上放著兩千元*鈔票，而不是熱騰騰的早餐。是爸爸放的。

*兩千元韓幣約等於五十元臺幣。

「是做夢嗎？」

就算到了學校，我滿腦子都還在想著昨天遇見狐狸的事。然後我看了書包一眼，大吃一驚。

書包裡放著一雙閃閃發亮的全新室內鞋！一直到昨天為止，我的室內鞋都還是又破又舊的。

「喂，假伯斯！」

東浩叫我，看來又是一大早就想找我麻煩。綽號「假伯斯」也是他取的，他說我像「史帝夫‧賈伯斯(Steve Jobs)」這個人一樣，每天都穿同一套衣服。我真的很討厭這個綽號。

東浩的視線落到了我的室內鞋上，說：「喔！是新鞋子耶。我昨天才剛弄丟錢，你就突然穿了一雙新的室內鞋啊？」

　　「你幹嘛來煩我？」我撞了一下他的肩膀後進到教室。感覺他正在盯著我的後腦勺，雖然不知道是怎麼一回事，但總覺得有點不對勁。

　　午餐時間到了，平常我都吃得狼吞虎嚥，但今天即使沒吃早餐也不覺得餓，真是奇怪。

　　「那傢伙是怎麼了？看來是突然變有錢，已經吃飽喝足了吧。」東浩站在後面酸我，其他人嘻嘻笑個不停。

　　雖然他無緣無故的針對讓我很生氣，但也必須忍耐才行。因為爸爸曾警告過，如果再惹是生非，就不讓我上學了。自從單獨和爸爸生活之後就一直是這樣子，即使我大喊著冤枉也完全沒用。

放學之後我也無處可去。同學們雖然嘴上說著不想，但還是搭上補習班的交通車各自散去。寬廣的操場突然變成一片空蕩蕩的。我也不喜歡待在空無一人的地方，這會讓我覺得全世界好像只剩下自己。

　　離開學校後，我有氣無力的走了又走。走了好一會兒，出現了昨天晚上到過的那個山坡，但我卻沒看見那間溫暖又充滿花香的餐廳，只有一座高聳的高壓電塔站立在光禿禿的山坡上，孤零零的迎著風。

　　「我一定是在做夢沒錯，怎麼可能會有狐狸開的餐廳啊……」

　　我不停的苦笑。

深夜中的
月光食堂

雖說如此……但昨天的感覺卻是歷歷在目。

我在那裡坐了好一會兒，一直到天色變暗才回家。

就算已經是深夜了，爸爸還是沒回來。月亮在空中高高升起，我在大門口徘徊了一陣子，決定再一次去那裡看看，於是往山坡的方向走去。

一到山坡上，我開始看見黃色的燈光。明明白天不見蹤影的那個「深夜中的月光食堂」，現在正閃爍著燈光迎接我。我覺得自己快要哭了。

「歡迎光臨！你又來啦？」

長睫毛狐狸親切的接待，豪爽狐狸則拉住我的手，帶我到座位上。他那有著細密毛髮的手非常柔軟，讓我懷疑自己是不是又在做夢。

「今天的特餐是淋上了濃郁巧克力糖漿的卡士達布丁，可以將硬邦邦的內心融化喔。」

豪爽狐狸才一說完，長睫毛狐狸就像已經在等著我似的，立刻將布丁盤放到我的前方。我聞到那微苦又甜美的香氣，立刻口水直流。

深橘色的盤子上，濃郁的巧克力糖漿從淺黃色布丁上頭緩緩流了下來，彷彿是布丁正在對我講悄悄話，說著：

「快拿起湯匙吧。」

叮鈴
叮鈴鈴鈴

「今天只要兩個不好的回憶就可以了。」

豪爽狐狸加上這句話。

只不過是回憶而已！

更何況不好的回憶還是像之前一樣數不勝數，我挑了其中最不想記得的兩個回憶，心甘情願的用它們結完帳以後，開始吃起布丁。

叮鈴　叮鈴鈴鈴～

餐廳門突然開了。

「歡迎光臨！」

兩隻狐狸同時出聲。

　　我也回頭看了一下門邊，是位穿著黑色西裝，頭髮花白的大叔。他的黑色領帶鬆開一半，看起來像是已經喝了很多酒似的，滿臉通紅。

　　我真的很討厭他這副德性，可能是因為他讓我想起爸爸。我趕緊將頭轉開。

　　「我今天會付出所有不好的回憶，你們就讓我點一道特別的料理吧。嗝！」

　　「只要是您想吃的，我們都做得出來。請問您想吃什麼呢？」

　　「清麴醬湯＊！嗝！今天是我老婆的喪禮。她已經病得那麼重了，卻……嗚嗚……卻連一次不舒服都不曾表現在臉上……嗝！現在我再也！再也……嗚嗚嗚……再也吃不到她煮的清麴醬湯了吧？拜託你們做出……嗝！和我老婆的清麴醬湯一模一樣的滋味，嗝！」

　　大叔語無倫次的回答長睫毛狐狸的問題，他連頭都抬不起來了。

　　豪爽狐狸很快的開始煮起清麴醬湯，湯一下子就咕嚕咕嚕的滾了，餐廳裡瀰漫著一股難聞的臭味。那個味道和爸爸在深夜回家之後，沒有洗澡就直接睡覺的腳臭味很像。

　　我緊緊捏住鼻子，不懂那個大叔到底為什麼會想吃這麼臭的東西。

　　長睫毛狐狸將煮好的湯和白飯端到他面前，說：「現在替您結帳。」

　　大叔聽到這句話後，有氣無力的點了點頭。

---

*清麴醬湯：清麴醬是用發酵後的大豆，在高溫下煮製而成的韓國傳統飲食，味道強烈。與日本的納豆相似，但發酵的菌種不同。清麴醬湯便是在湯中放入清麴醬，再加入泡菜、豬肉、豆腐等佐料烹調而成的料理。

這時，一顆顆巨大的眼淚從大叔充滿血絲的眼中滴落。當眼淚一碰到桌子，立刻變成冰冷的淚珠冰塊。

長睫毛狐狸小心翼翼的將那些冰塊裝進盤子裡，並且說：「裡面也有許多非常美好的回憶呢。」

「那些對我來說，現在也都是不好的回憶了。嗝！」

大叔平靜的說。

長睫毛狐狸默默打開冷凍庫的門，跟外表比起來，裡面非常寬敞，每一層都堆滿了貼有人名的冰塊罐。冷凍庫的最前排也有一個貼著我的名字——「延宇」的罐子。

長睫毛狐狸拿出其中一罐，裝入大叔的淚珠冰塊。

他好像很常來這裡，因為他的罐子裡裝滿了冰塊，就連想要蓋上蓋子都很困難。我偷偷看了大叔一眼。可是他看起來和之前很不一樣，現在默默吃著食物，一副面無表情的樣子讓我非常陌生。

我睜開眼睛一看，又是在家裡，卻完全想不起是怎麼回到家的。我就像往常一樣獨自起床，可能是昨天吃了布丁的緣故吧，肚子不怎麼餓。我趕緊刷牙洗臉，出門上學。

　　「先生！還好嗎？你家住在哪裡？」警察正和一位大叔吵鬧著。

「不知道，我想不起來了。」

「那家裡的電話呢？還有你的家人呢？」

「不知道，我什麼事情都想不起來了。」

不管警察怎麼問，大叔都只回答相同的答案。

最後警察決定將他扶上警車。這時，我看見了那條黑色領帶。就是那條繫在大叔脖子上，鬆開一半的黑色領帶，還有他滑落到地上的黑色西裝外套。

我呆呆站了老半天。
原來他正是我昨天在深夜中的月光食堂裡見到的那位大叔。

「假伯斯！」東浩在我耳邊大喊，害我嚇了一大跳。

「不管我怎麼叫，你都沒回應。我還以為你站著睡著了呢，呵呵。」

我才不想和嘲笑我的人講話。所以我不作任何回應的往學校走去，他則是調皮的一直跟在我身後。

「我要去文具店買東西，你要一起去嗎？」

「什麼？」

我連我們是什麼時候變熟的都不知道。

「我……幹嘛去？」

「我要買很多東西啊……而且我們不是同班嗎？如果你幫我，我就送你一張電動遊戲券。」

仔細想想，我好久沒有打電動了，因為沒有錢。我心裡有些猶豫。

　　不知是否被東浩看穿心思，他拿出了電動遊戲券在我面前晃了晃。

　　「啊，好啦。」

　　他笑了，但笑得有點令人討厭。

　　「叔叔！」

　　東浩一進到文具店就立刻叫了老闆，然後指著我說：

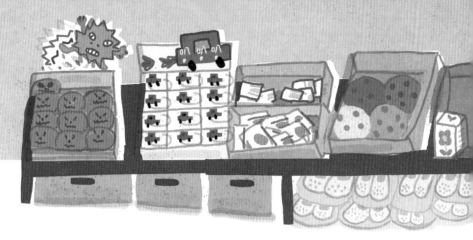

「前天是這傢伙帶了五萬元來買室內鞋，拿了零錢之後就走了吧？是他沒錯吧？」

老闆仔細的盯著我看。

「對啊，他付了五萬元，買了室內鞋跟很多文具。以前他都只看不買，結果那天卻理直氣壯的先付錢，所以我還覺得有點奇怪呢。」

東浩聽完老闆說的話後瞪了我一眼。我還搞不清楚這是怎麼回事，他就用力的推了我的肩膀。

「你這臭小偷！老闆都這麼說了，你還想騙嗎？」東浩瞪著我大叫。

可是我完全沒有任何來過文具店，甚至是買走室內鞋的印象啊。

話雖如此，我的臉還是熱了起來。感覺好像有什麼東西突然湧上，我覺得自己快要吐了，所以趕緊跑出門外。

我沒有停下來，向前一直跑、一直跑。正當感到心臟好像快要炸開時，我已經在山坡上了。

又高又大的高壓電塔聳立並俯視著我。纏繞在電塔周圍的風發出呼呼聲響，猛烈的呼嘯吹來。

「臭小偷！臭小偷！」

風聲不知不覺變成了東浩的聲音，在我耳邊不停迴盪。

我流下眼淚，大概知道自己在深夜中的月光食堂付出了什麼代價。

我無力的癱坐在原地。即使太陽西下，夜幕降臨，我還是一動也不動。身體開始逐漸僵硬，腳尖好像也失去知覺。冰冷的夜色似乎浸透了我的身體。

月亮在不知不覺中來到天空正中央，接著四周突然亮了起來。

我驚訝的抬起頭一看。

不久之前還在前方的巨大高壓電塔早已不知去向，取而代之的是深夜中的月光食堂，閃爍著溫暖的黃光出現在我眼前。

我好不容易才搖搖晃晃的站了起來，只想趕快走進那道溫暖的黃光之中，感覺這樣就能染上一絲暖意。

我打開門，風鈴清脆的響起。

「今天很累吧？趕快進來。」

長睫毛狐狸溫柔的摟著我的肩膀。我一坐上椅子，豪爽狐狸立刻送上一杯茶。

在淡紅色的茶水中，綻放著一朵小巧精美的花，生動得彷彿才剛盛開一樣。

「感到心力交瘁時，很適合喝這種花茶。」豪爽狐狸將茶杯交到我的手中說。

我喝了一口花茶，鼻尖繚繞著一股柔和的香氣，彷彿有雙手正在撫摸著我，讓我想到媽媽。

我的心情好多了，也開始動念想要填飽餓了一整天的身心。

「你今天想要來點什麼呢？」

長睫毛狐狸小心翼翼的問。

　　我摸了一會兒茶杯。

　　「你好像有什麼疑問。如果有想
知道的事情，隨時都可以問喔。」豪爽
狐狸說。

　　我猶豫了一下，鼓起勇氣提問。

　　「如果我一直用不好的回憶來買
東西吃，就會變得和昨天那位大叔一
樣嗎？」

　　他們沒有回答我的問題。我哽咽著再次發問。

　　「為什麼？如果那些不好的回憶消失了，不是應該感到幸福嗎？我今天早上看到那位大叔了。可是……可是他看起來好悲傷。」

　　我的眼淚開始嘩啦啦的流下，無論我用袖子怎麼擦也擦不乾。

　　豪爽狐狸壓低聲音回答了。

「選擇權在於客人，我們只是接受點餐而已。來吧，你今天想要吃點什麼呢？」

我再也無法坐在那裡，像要逃跑般的奪門而出。

夜晚的空氣格外寒冷，我不知道自己該去哪裡，所以一直繞著彎彎曲曲的小巷子打轉。

　　這些巷子就像我腦海中的世界一樣，錯綜複雜的交織在一起。

　　「延宇！延宇！」

有個焦急呼喚我的聲音，像是回
聲般順著風傳來。
那個聲音離我越來越近。
是爸爸。
「爸……爸？」

　　爸爸跑得上氣不接下氣。雖然滿臉通紅，但身上並沒有酒味。

　　「你……你這臭小子！不去上學，這一整天跑去哪裡鬼混了？」

　　爸爸勃然大怒。我不自覺的縮起身體，退了幾步。他飛快的抓住我的手臂，抓得我好疼。

　　「啊！」

　　「抱……抱歉。」

　　爸爸聽到我的哀嚎，立刻鬆開手。他竟然會向我道歉……這還是頭一遭呢。

　　「你啊！知道我接到你沒去學校的消息有多驚訝嗎？如果沒有錢買室內鞋，跟我說一聲就好，為什麼要去偷同學的錢呢？還就這麼消失不見，知道大家有多擔心嗎？」爸爸大氣不喘、喋喋不休的說著。

接著他突然停下來，靜靜看著我的臉。

「吃過飯了嗎？」

爸爸溫柔的問我。

我搖搖頭，於是他緊緊牽住我的手，開始拉著我走。我半點力氣都沒有，只好跟著爸爸一起前進。

我們來到的地方是一間烤肉店。在大門口就聞到一股香味，刺激了我所有神經，口水都快要流下來了。

這還是我第一次和爸爸一起到餐廳吃飯。

「快吃吧。」

他不停烤著肉，忙著把肉夾到我的盤子中。

剛開始，我們都很尷尬的各自只吃了一塊，第一次都是這樣嘛。後來兩人就一口接著一口大快朵頤。

　　爸爸雖然點了一瓶燒酒，但直到用餐結束都沒打開。

　　我們一起走在回家的路上，氣氛又開始變得尷尬。

　　爸爸先開了口。

　　「明天我陪你去學校吧。還要把錢還給同學呢。」

　　我不發一語的點點頭。

　　一想到回家還要被媽媽罵，我開始擔心起來。

　　「媽媽也知道了吧？」

　　「……什麼？你說誰？」

　　爸爸眼睛瞪得好大，直愣愣的看著我。

　　「我說，媽媽也知道我拿了東浩的錢吧？」

　　我再問了一次。雖然不知為何，但爸爸好像有點慌亂。

　　回到家後，我發現媽媽不在。看來她今天大概又要工作到很晚吧。

　　「還不起床嗎？」

　　我聽見爸爸低沉的聲音。

　　陽光刺眼得讓我皺了皺眉頭，接著立刻跳起身來。穿著工作服的爸爸看我一眼，把小餐桌推到我面前。

「吃吧。」

「嗯。媽媽今天這麼早就去上班了嗎？」

我拿著湯匙問爸爸。

爸爸有點奇怪，他盯著我的臉，手不停瑟瑟發抖，雙眼在不知不覺間已經布滿紅色血絲。

「你……為什麼要這樣？」

「怎樣？」

我往嘴裡塞了一湯匙飯後反問，不知道他為什麼這麼問。

我用筷子夾了一塊邊緣燒焦的雞蛋卷。

「這雞蛋卷是你做的嗎？」

「當然是我做的啊，不然是誰？」

「媽媽做的雞蛋卷最棒了……她什麼時候出門的？」

　　爸爸突然用力的將湯匙放在桌上，我嚇了一跳。

　　他顫抖的說：「你是故意的吧？是想要讓我難過才會這麼做吧？」

　　他像是忍不住似的將一隻手舉過頭頂，我感覺馬上要被揍了。

　　這時我突然腦袋一片空白，好像掉到某個遙遠的地方。

　　我雙手緊抱著頭大喊：

　　「我的頭好痛！我的頭好痛啊！」

接下來完全沒有印象了。

當我再次睜開眼睛時，已經躺在醫院裡面，爸爸和醫生並肩看著我。

窗外，路邊的街燈早已排排亮起。剛才明明還是早上的，看來現在太陽已經下山了。

爸爸看起來一臉擔心的樣子。

醫生溫柔的問我：「你是從什麼時候開始漸漸想不起事情呢？」

我總不可能告訴他，自己把不好的回憶交給了「深夜中的月光食堂」裡的狐狸吧。

他接著又問：「你可以告訴我還記得媽媽的哪些事情嗎？」

「媽媽？我為什麼要記得她的事情啊？她怎麼了嗎？」我反問。

媽媽總是陪在我的身邊，所以我還真不知道該說些什麼。

話說回來，我還沒看見她呢。

「爸，媽媽什麼時候過來啊？」

我才剛說完，爸爸就癱坐到地上，接著開始放聲大哭。那個樣子讓我感到手足無措。

我又感到一陣頭痛。

以前好像也曾經見過爸爸嚎啕大哭的樣子，但我想不起來那是什麼時候了。

每當我越是努力回想那些記不得的事情，頭就變得越痛，一股噁心感接著湧了上來，醫生停止追問。

過了好一陣子，我和爸爸到外面並肩坐著。

他直愣愣的看著我，接著替我將病人服的外衣緊緊扣上。

「不冷嗎？」

「嗯。」

「難道是我的心裡太冷嗎？身體一直抖個不停。」

爸爸說完之後，用浮腫的雙眼看著被雲朵半掩的月亮。

他的臉上也有一抹陰影。

「你媽媽發生意外去世了。就在去年……」

「這是什麼意思？媽媽她？怎麼了？」我聽不懂爸爸在說什麼，又反問了一遍。

他握住我的手，直盯著我看。

「當時我非常痛苦。還以為我的痛苦比年幼的你來得更大更傷心，所以才會借酒澆愁，以為這樣就能忘記，可是……卻不是那樣。延宇，我不知道你那麼痛苦……還只顧著自己。對不起，對不起，延宇。嗚嗚……嗚嗚嗚。」爸爸上氣不接下氣的邊說邊流淚。

直到這時我才明白，那是我在深夜中的月光食堂第二次付出，兩個回憶之中的一個。

但這並沒有讓我回想起媽媽過世的事。我還是完全想不起來，不敢相信她已經去世了，所以也不怎麼覺得悲傷。

那我付給狐狸的另一個不好的回憶到底是什麼？

我回到病房之後輾轉難眠。

爸爸可能是累了，躺在陪病人的床上沉沉睡去。我看著他雜亂的鬍子和凹陷的臉頰，突然想起了穿著黑色西裝的大叔。

「我到底做了什麼？」

我原本以為只要沒有那些不好的回憶，就會變得幸福快樂……

窗外照進來的皎潔月光，長長的垂掛在爸爸身上。看來是雲層在不知何時已經散去，我偷偷穿上外衣，悄悄的走出病房。

「你好像生病了。」長睫毛狐狸一看見我，就露出同情的樣子。

豪爽狐狸立刻送上一杯熱呼呼的麥茶。

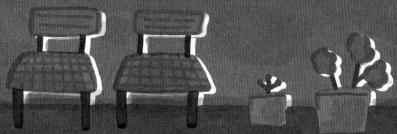

　　「生病的時候，來一杯古早味麥茶最棒了，哈哈。」

　　麥茶散發著香噴噴的味道，我喝了一口。

　　「我想拿回那些不好的回憶。」

　　長睫毛狐狸眨了眨又長又漂亮的睫毛，豪爽狐狸則用手摸了摸下巴。

　　「如果你拿回那些不好的回憶，就會再度感到悲傷，而且再也不能來這裡了。這樣你不後悔嗎？」

　　手中茶杯的溫熱似乎滲入我的內心。我沒有開口回答，而是點了點頭。

　　「好！那我們就開始準備最後的餐點吧？」

　　豪爽狐狸興奮的大喊。

月光牛奶 ＋ 延宇 ＋ 星光粉末

長睫毛狐狸笑吟吟的進到廚房。

豪爽狐狸打開冷凍庫，拿出放在最前排屬於我的罐子，裡面裝著三顆淚珠冰塊。豪爽狐狸將它交給長睫毛狐狸，她打開果汁機蓋，把所有冰塊都倒進去。

「接下來要再放一點閃亮亮的星光粉末和滑順的月光牛奶。這是我們送你的最後一份禮物。」

長睫毛狐狸眨著眼對我說。

豪爽狐狸一臉欣慰的看著我們。

接著果汁機動了起來。

嗡嗡的攪打聲，聽起來像是蜜蜂振翅的聲音。

我的不好回憶冰塊全被攪碎，在果汁機裡混合在一起，彷彿跳舞般的轉動著。

「你點的『滿滿不好回憶奶昔』完成了！」長睫毛狐狸愉快的喊道。

豪爽狐狸將裝著奶昔的透明玻璃杯放到我面前。

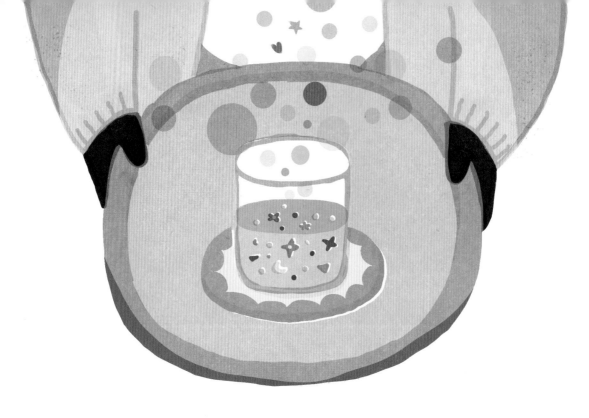

「因為冰塊沒幾顆，所以分量很少。真是慶幸，對吧？」

我點點頭，因為我也這麼認為。

我吐了一口氣，拿起玻璃杯，有許多色彩在玻璃杯中閃爍游移著。

原本閃爍著金光，一瞬間又變成銀光，接著又變成七彩的光芒。看起來就像是媽媽曾在我小時候提過的、點綴著整個夜空的銀河一般。

我開始緩緩喝起奶昔。

一開始有種冰冰的感覺順著喉嚨下來，身體感到有些冷颼颼，接著是酸味、苦味和澀味。

然後從身體深處湧出一股又麻又刺的感覺，擴散到全身。

我第一個想起的是東浩的錢，再想到了媽媽躺在病房裡的樣子，我最後遺失的不好回憶就是這個。

「延宇！」

媽媽吃力的叫我。

我向媽媽炫耀自己在學校跑步比賽中拿到第一名，她笑了。

「真帥，我也好想看看你跑步的樣子……」

媽媽全身都接著複雜的醫療儀器和管子。一直待在媽媽身邊，我開始覺得有些無聊。醫院是個有點沉悶的地方。

「延宇，知道媽媽多愛你吧？」

「嗯。」

媽媽嘴上老掛著這些話，所以我敷衍的回答。

「記得媽媽會一直陪在你身邊。」

「我知道了，嘻嘻。」

我燦爛的笑著，將臉埋進媽媽胸口。她接連淺淺呼吸了好幾下。

那是最後一次，是我和媽媽最後的對話。

我真的很討厭那天的回憶，還有媽媽不在之後的所有回憶。

「記住，我愛你！」

隱藏在我付給狐狸的不好回憶中，媽媽的最後一句話再次回到我心上。

我先是感到一陣刺眼，接著就躺在病房裡了，完全想不起自己是什麼時候回到醫院的。

我看了爸爸一眼。

熟睡的爸爸臉上灑滿了清晨的陽光。他動了動嘴，感覺像在吃陽光一樣。

「爸！」

我只叫了一聲，他就驚醒了。

「怎麼了？不舒服嗎？」

我有點喜歡他連眼睛都睜不開，卻藏不住那關心我的樣子。

「我要回家了。」

「啊，不行！你還得要再做一些檢查……」

「我現在已經全都想起來了。」

「什麼？」

「我都想起來了，現在頭也不痛。我想趕快和爸爸一起回家。」

爸爸的眼眶又紅了起來。

醫生說我的檢查報告沒有問題。爸爸聽醫生對他說了幾個注意事項，看起來就像是挨罵的學生一樣。

「我覺得有點丟臉。」

「什麼丟臉？」

「就是我……偷偷拿走東浩錢的那件事。」

「你只要誠心誠意的道歉就行。

他已經準備好要接受你的道歉了。」

「東浩嗎？」

「你那天沒去上學就消失不見了吧？你們導師說，東浩昨天聽到你住院的消息後非常擔心。」

「真的嗎？」

「對啊！而且其實爸爸比你更丟臉。」

「為什麼？」

「因為在這之前，爸爸也很怕過著沒有你媽媽的生活，所以總是一直想要躲起來。我是真正的膽小鬼啊。」

我還以為大人不會害怕，卻沒想到爸爸竟然會對我做出這些表白。雖然感覺有些不可思議，但我還是決定要相信他。

回家的路又窄又曲折，我和爸爸一起並肩走在那條巷子上。

作者的話

　　這是在很久之前發生的事。那天我和朋友們一起去動物園玩。我住的地方就只有一個動物園。記得在我很小的時候只和父母去過一次，所以很想舊地重遊。

　　我們才剛走進動物園入口，就有一股令人不快的氣味撲鼻而來。是從入口附近大象籠子裡發出來的味道。不知是否很久都沒人打掃，大象的糞便就這麼在地上四處亂滾。再加上牠連走路看起來都好辛苦，所以我們快速的走過那一塊區域，繼續去找其他動物。沿路雖然看到了斑馬、獅子、猴子等，但全都是一副失去活力的模

樣。我以前被媽媽抱在懷裡，雙眼發亮看過的海狗表演場也空蕩蕩的，連水都乾涸了。

朋友們好像都很失望。他們嘴上喊著無聊，催促我趕快離開。但兒時曾看過的動物園，那回憶實在太令人著迷，於是我拜託他們多待一會兒再走。這時，前方出現一條岔路。

其中一條路有指標牌，另一條路沒有。這著實引起了我的好奇。所有人都嫌麻煩，說不去了，最後我只好自己沿著沒有指標的小路往上爬。

一路上真的什麼都沒有，我一邊懊悔沒聽朋友的話，一邊拖著沉重的腳步走到了最頂端。那裡只有兩個木製的方形籠子。我看了牌子，上面寫著「狐狸」。

我依序觀察了兩個籠子，第一個裡面什麼都沒有。第二個則是被陰影

遮住，看不清內部。覺得有些失望，因為我一次都沒見過真正的狐狸。

正當我決定要回去時，突然看到籠子裡有東西在閃閃發光。我蹲在籠子前方靜靜觀察，還吞了一下口水。

那個閃光猶豫了好一會兒，緩緩的走到明亮之處。原來那是小狐狸的雙眼。

我小小聲的說「過來」。狐狸聽到這句話後，毫不遲疑的走向我，而且還是牠生平第一次見到的我。

我將手伸到我們之間，牠伸出小小舌頭舔了我的手指，輕輕的搖著尾巴。我摸摸牠的頭，牠竟興奮得發出咕嚕聲，身體滾動了起來。

「咦？我們真的是初次見面嗎？」

我甚至起了這種念頭。

我隔著鐵條跟狐狸玩了好一陣子才突然注意到四周的景色。這也才意

識到這隻小狐狸獨自待在這個沒有人來，甚至連塊路標都沒有的地方度過漫長的時光。看著牠如此開心迎接初次見面的我，讓我覺得牠好可憐。

　　兩個月後，我看到動物園關閉的新聞。這次我獨自前往動物園，然後沿著那條沒有指標牌的坡道走了好一會兒。但那裡已經不見任何籠子。

　　從那之後，我再也沒見過那隻等著我的小狐狸。直到現在，我還是希望自己有天能與牠再次相見。

　　　　　　　　　　期待春天的到來
　　　　　　　　　　李玢希

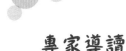

專家導讀

眼淚是珍珠，所以我們更要好好的哭

蘇益賢｜臨床心理師，「心理師想跟你說」共同創辦人

　　嗨，親愛的讀者你好！不知道你喜不喜歡這個故事呢？如果你還沒看完這個故事的話，可以先把它讀完，再來看這邊的導讀。

　　閱讀這個故事時，我想起了自己平常的工作。我是一位心理師，平常的工作是陪伴心情不好的人，聽他們說說自己遇到的事情。我會一邊觀察對方，鼓勵他們把心事慢慢說出來。然後，也陪伴他們找到自己身上的力量，用來面對生活中的挑戰。

　　就像故事裡的延宇一樣，其實每個人在長大的過程中，多少都會碰到一些讓自己難過的事。像是：和朋友相處得不愉快、和家人吵架、考試考不好，或者是更難過的事，好比家人生病了、親戚去世了，這些事情其實都是很常見的。

　　不管是小事情讓你「小難過」，還是大事讓你「大難過」，你喜歡「難過」的感覺嗎？很多大人都說，他們不喜歡難過的感覺。所以啊，他們想盡辦法，要讓難過的感覺消失。於是，有人跑去喝酒，希望用酒來麻痺自己；有人把自己關在房間裡面，不想跟任何人碰面……但這些方法，其實不會讓難過不見，只是短暫把難過的感覺壓下去，總有一天會再爆發的；就像故事裡的延宇爸爸一樣。

　　有些大人說「不哭、不哭，眼淚

是「珍珠」」，但希望你看完這個故事後，可以把這句話改成「因為眼淚是珍珠，我們可以好好的哭」。正是因為眼淚像珍珠一樣珍貴，所以在我們難過時，可以不用急著把它藏起來。

我們可以用眼淚來問一問自己：「我的眼淚流下來了，眼淚想告訴我什麼事情呢？」就像延宇爸爸的眼淚，其實在提醒他，他真的非常愛他的妻子。延宇的眼淚，其實也藏著很多關於愛與珍惜的故事。

雖然難過的時候，我們會不太舒服，但如果你願意給「難過」一個大大的擁抱，聽聽眼淚想說的話，我們的感覺反而會變得好一點呢！下次在你難過的時候，可以這樣做做看：

一、留些時間給自己好好的難過
（會有點不舒服，這是很正常的）。

二、想一想，發生了什麼事，讓你感到難過呢？試著把你的感覺寫下來、畫出來，都很有幫助喔！

三、找一位讓你安心的人，把你遇到的事、難過的感覺分享給他。你可以找好朋友，或者爸媽、老師都沒關係。

四、把心事說出來之後，你還可以做些事情讓自己舒服一點，像是看看書、喝東西、整理房間等。慢慢的做，讓自己慢慢靜下來，難過的感覺也會慢慢變少。

　下次，在自己很難過的時候，你願意抱抱你的難過，聽聽它想說的話嗎？就像延宇一樣，我們都可以一起練習看看！

月光心靈保健室

1. 如果你是故事的主角延宇，會想拿回交給狐狸的三個「不好的回憶」嗎？寫下你的想法吧！

_____

_____

_____

_____

_____

2. 如果你來到「深夜中的月光食堂」，願意用「不好的回憶」交換可口的餐點嗎？寫下你的決定與理由，也可以問問其他人的選擇喔。

_____

_____

_____

_____

_____

國家圖書館出版品預行編目資料

深夜中的月光食堂／李玢希(이분희)文;尹太奎(윤태
규)圖;賴毓棻譯.――初版一刷.――臺北市:三民,
2021
  面; 公分.――（小書芽）
  譯自: 한밤중 달빛 식당
  ISBN 978-957-14-7241-6 （平裝）

862.596   110010817

小書●芽

深夜中的月光食堂

文　　　字	李玢希
繪　　　圖	尹太奎
譯　　　者	賴毓棻
責任編輯	陳奕安
美術編輯	陳惠卿

發 行 人	劉振強
出 版 者	三民書局股份有限公司
地　　　址	臺北市復興北路 386 號 (復北門市)
	臺北市重慶南路一段 61 號 (重南門市)
電　　　話	(02)25006600
網　　　址	三民網路書店 https://www.sanmin.com.tw

出版日期	初版一刷 2021 年 8 月
書籍編號	S859580
I S B N	978-957-14-7241-6

한밤중 달빛 식당
Text copyright © 2018, Lee Bun-hee（이분희）
Illustration copyright © 2018, Yoon Tae-kyu（윤태규）
All rights reserved.
First published in Korean by BIR Publishing Co., Ltd.
Traditional Chinese Characters translation copyright © San Min Book
Co., Ltd., 2021
Published by arrangement with BIR Publishing Co., Ltd.
through Arui SHIN Agency & LEE's Literary Agency

三民書局